KB115108

"고양이처럼 불가사의한 글을 쓸 수만 있다면."

에드거 앨런 포

"마음의 안정에는 남편보다 고양이가 낫다."

조이스 캐럴 오츠

고양이

조운 에이킨, 메리 올리버, 나오미 쉬하브 나이,
··· 리샤르트 크리니츠키

이재경 엮고 옮김

HB PRESS

차례

고양이 조운 에이킨   11

아침 메리 올리버   13

사연 없는 고양이는 없다 나오미 쉬하브 나이   15

검은 고양이 라이너 마리아 릴케   17

고양이 샤를 보들레르   19

고양이들 샤를 보들레르   21

여인과 고양이 폴 베를렌   23

〈스핑크스〉 중에서 오스카 와일드   25

〈고양이에게〉 중에서 앨저넌 찰스 스윈번   29

체셔 고양이 루이스 캐럴   31

윙키에게 에이미 로웰   33

〈쇼팽〉 중에서 에이미 로웰   39

타이거 윌리엄 블레이크   43

늙은 고양이와 젊은 쥐 장 드 라 퐁텐   45

고양이 중의 고양이 윌리엄 브라이티 랜즈   49

고양이의 양심 작자미상   51

부엉이와 야옹이 에드워드 리어   53

애정사에 관해 고양이에게 보내는 호소문 토머스 플랫먼   57

고양이가 쥐를 잡아다 제임스 라플린   61

아기고양이 천사 리언틴 스탠필드   63

고양이 샤를 보들레르   65

고양이에게 바치는 시 한스 카로사   69

〈바보의 노래 두 곡〉 중에서 윌리엄 버틀러 예이츠   71

티타임에 고양이들이 왔어요 케이트 그리너웨이   73

몬태규 미카엘 작자미상   75

행복한 고양이 랜들 자렐   77

고양이 기욤 아폴리네르   79

짧은 우화 프란츠 카프카   81

집고양이 포드 매덕스 포드   83

다섯 개의 눈 월터 드 라 메어   85

문득 새를 보다 에밀리 디킨슨   87

고양이에게 바치는 소네트 존 키츠   89

결투 유진 필드   91

고양이가 죽고 내 친구는 십 년 반 늙었다 크리스티나 로세티   97

파란 밥그릇 제인 케니언   101

달빛 정원 에이미 로웰   103

고양이와 달 윌리엄 버틀러 예이츠   105

고양이와 바람 톰 건   109

고양이는 뚱뚱하게 자고 로잘리 무어   111

하양 고양이들 폴 발레리   113

노래하는 고양이 스티비 스미스   115

오래된 원고 리샤르트 크리니츠키   119

아는 고양이 이재경 후기   123

시인들과 고양이   130

Old Mog comes in and sits on the newspaper

고양이

조운 에이킨

늙은 모그가 들어와서 신문 위에 앉는다.

사람 좋아하는 늙고 뚱뚱한 고양이

쓰다듬어 주면 자기가 우리에게 호의를 베푼다고
생각한다.

그러고 보니 그런 것 같다.

Cat, Joan Aiken

The cat stretching her black body from the pillow.

아침

메리 올리버

유리 원통 안에서 반짝이는 소금.

파란 그릇에 담긴 우유. 노란색 리놀륨 바닥.

베개에서 검은 몸을 쭉 펴는 고양이.

작고 다정한 손길에 아름다운 곡선으로 화답하고

다음에는 그릇까지 핥아 먹고

다음에는 세상으로 나가고자 한다.

거기서 뚜렷한 이유 없이 잔디를 폴짝폴짝

가로지르더니

풀숲에 미동도 없이 앉는다.

나는 잠시 지켜보다 생각한다.

서투른 말들로 내가 무엇을 더 하리오?

나는 차가운 부엌에 서서 그대에게 머리를 조아린다.

차가운 부엌에 서니 나를 둘러싼 모든 것이 경이롭다.

Morning, Mary Oliver

One cat hid her head

while I practiced violin.

But she came out for piano.

사연 없는 고양이는 없다

나오미 쉬하브 나이

저 노랑 고양이는 빵집 살다가
크림 퍼프 향기를 풍기며
우리 집에 따라왔다.
우리는 고양이의 달콤한 털에
얼굴을 파묻었다.
한 고양이는 내가 바이올린을
연습할 때는 머리를 감췄다가
피아노 소리에는 얼굴을 내밀었고
밤이 오면 내 퀼트 이불 위에서
소나타를 연주했다.
한 고양이는 내 양말 안에
비밀 둥지를 틀었고
한 고양이는 우리가 학교 간 동안
창가에 앉아
온종일 거리만 내다봤다.
한 고양이는 라디오 다이얼을 사랑했고
한 고양이는 웃는 고양이였다.

Every Cat Has a Story, Naomi Shihab Nye

Alle Blicke, die sie jemals trafen,

scheint sie also an sich zu verhehlen,

검은 고양이

라이너 마리아 릴케

심지어 유령도 공간처럼
시선과 충돌하면 쟁강 울린다.
하지만 저기 저 검정 털에 닿으면
아무리 강한 시선도 소멸하고 만다.

마치 걷잡을 수 없이 날뛰는
광인이 칠흑 같은 어둠을 치받다가
그만 병실의 쿠션에 부딪혀
풀썩 주저앉는 것처럼.

고양이는 지금껏 받은 시선들을
뚱하게 으르다가
그냥 데리고 잠이나 자려는 듯
제 몸에다 감추어 버린다.

그러다 잠에서 깬 듯 불현듯 얼굴을 들어
나를 똑바로 바라보고, 그러면 나는

고양이의 호박 같은 눈에서 뜻밖에도
내가 던졌던 시선을 다시 마주한다.
거기 멸종한 곤충처럼 사로잡혀 있는
내 시선을.

Schwarze Katze, Rainer Maria Rilke

고양이

샤를 보들레르

이리 오렴, 내 예쁜 고양이, 사랑에 빠진 내 심장 위로.
발톱일랑 세우지 말고,
금은과 마노를 섞은 듯한
너의 아름다운 눈에 풍덩 빠지게 해다오.

내 손가락이 너의 낭창대는 머리와 등을
한가롭게 어루만지고
내 손이 전기 이는 네 몸을
만지는 짜릿함에 취할 때면,

나의 아내가 눈에 어린다. 그녀의 눈길도
사랑스러운 짐승이여, 너의 눈길처럼
투창처럼 깊고 차갑게 파고들고

머리부터 발끝까지
어떤 오묘한 기운, 위험한 향기가
그녀의 갈색 몸을 감돈다.

Le Chat, Charles Baudelaire

Les amoureux fervents et les savants austères

Aiment également, dans leur mûre saison,

고양이들

샤를 보들레르

불타는 연인이나 근엄한 학자나
나이 들면 너나없이 고양이를 좋아해.
강하면서 나긋한 고양이, 집의 터줏대감
추위를 타고 꼼짝하기 싫어해.

저들은 학문과 관능의 친구
어둠의 정적과 공포를 탐구하지.
저들이 자존심을 꺾고 구속을 허용했다면
에레보스*가 저들을 저승의 말로 삼았을 걸.

몽상에 잠겨 있을 때의 귀족적 자태
고독의 심연에 의연히 누운 스핑크스처럼
끝도 없는 꿈속으로 빠져드는 것 같아.

둥근 엉덩이는 마법의 광채로 그득하고
눈에는 고운 모래 같은 금빛 조각들이
신비의 눈동자를 아스라이 반짝이게 해.

Les Chats, Charles Baudelaire
* 에레보스: 그리스 신화에 나오는 암흑의 신.

Elle jouait avec sa chatte,

여인과 고양이

폴 베를렌

그녀가 고양이와 장난칠 때면
저녁 어스름 속에 뛰노는
그 하양 손과 하양 앞발이
어찌나 눈부시던지

예리하게 빛나는 칼처럼
치명적인 마노 손톱을
검정 복슬장갑 아래에
감춘 그대 사악한 악당이여!

상대 역시 요망을 부리며
예리한 발톱을 슬쩍
옹그리지만 악마가 어디 가랴

그녀의 웃음소리가 공명하는
침실에서 네 개의 창끝이
야광주처럼 빛을 발한다

Femme et Chatte, Paul Verlaine

Dawn follows Dawn and Nights grow old and all the
while this curious cat

〈스핑크스〉 중에서

오스카 와일드

어둑한 방구석에서 내 넋이 상상하는 것보다
오래전부터
　아름다운 스핑크스 하나가 어른대는 어둠 너머로
말없이 나를 본다.

　거역을 불허하는 신성한 부동자세, 일어나지도
움직대지도 않는다.
　녀석에게는 은빛 달들도 부질없고, 뱅뱅 도는 해들도
가치 없으니.

　허공이 회색에서 적색으로 물들고 달빛 파도가
밀려왔다 밀려가도
　녀석은 여명과 함께 떠나지 않고 밤중에도 그대로
머무른다.

　새벽이 새벽으로 이어지고 밤이 첩첩이 쌓여 가도
　이 신기한 고양이는

시종일관 금박 두른 새틴 같은 눈을 하고 중국 깔개
위에 웅크려 앉아서

윙크 같은 곁눈질과 함께 황갈색 목털을 발딱이며
비단처럼 보드라운 털 물결을 쫑긋한 귀로 밀어
보낸다.

이리 오렴, 잠에 취한 조각상 같은 나의 사랑스런
청지기!
이리 오렴, 반은 여자고 반은 짐승인 절묘하고
엽기적인 생명체여!

이리 오렴, 나의 사랑스럽고 나른한 스핑크스! 머리를
내 무릎에 올려
너의 목을 어루만지게, 점박이 삵 같은 몸을 보게
해다오!

그리고 노란 상아처럼 휘어진 발톱을 만져보게
해다오. 너의 꼬리를,

우단처럼 폭신한 발을 가공할 독사처럼 휘감은 그
꼬리를 잡아보게 해다오!

---

from The Sphinx, Oscar Wilde

You, a friend of loftier mind,

Answer friends alone in kind.

〈고양이에게〉 중에서

앨저넌 찰스 스윈번

당당하고, 다정하고, 거만한 친구,
황공하게도
내 옆에 앉아
영롱한 눈으로 찬란히 웃어 준다.
금색 눈이여, 나는 그 황금빛 페이지에서
사랑의 빛나는 보상을 읽는다.

검정과 하양이 어우러진
경이롭게 풍성한 털,
매끈매끈 복슬복슬 한밤의
구름과 달빛처럼 밝고 포근해
내가 바치는 숭배자의 손길을
더없는 다정다감함으로 갚는다.

개들은 마주치는 모두에게
아양을 떨지만, 그보다
고고한 마음을 가진 친구여, 너는
동급의 벗들에게만 응답한다.

내 손에 자기 발을 살포시 올려
이해한다고 말해 준다.

from To a Cat, Algernon Charles Swinburne

체셔 고양이

〈이상한 나라의 앨리스〉 중에서

루이스 캐럴

앨리스가 말했다. "그런데요, 그렇게 갑자기
나타났다 사라졌다 하는 것 좀 그만해 줘요. 어지러워
죽겠어요!"

"알았어." 고양이가 말했다. 그러더니 이번에는 꼬리
끝부터 시작해서 아주 천천히 사라졌다. 고양이의
능글맞은 웃음이 마지막으로 사라졌다. 고양이의
웃음은 몸이 다 없어진 후에도 얼마간 허공에
머물렀다.

"어머나! 웃지 않는 고양이는 숱하게 봤지만,"
앨리스가 생각했다. "고양이 없는 웃음은 처음이야!
내 평생 본 것 중 제일 야릇해!"

The Cheshire Cat *from* Alice's Adventures in Wonderland, Lewis Carrol

Cat,

Cat,

What are you?

윙키에게

에이미 로웰

고양아,

고양아,

너는 뭐니?

어린 대나무 가지 사이를 소리 없이 걷는

흑표범에서 천 대를 내려온 자손?

밤이면 비파나무 아래 잠복하는

백표범을 작게 다듬은 후예?

너는 주황색 베고니아 아래 웅크리고

살기등등한 두 눈을

초록으로 태운다. 또는

발톱을 살포시 숨기듯

은밀하게 실눈을 뜬다.

그러다 천천히, 천천히

몸을 일으켜 기지개를 켜면

너는 반드러운 검은 털 밑을 흐르는 근육이 만드는

미끈하고 아름다운 곡선이 된다.

고양아,

너는 참 요상한 동물이다.

엉덩이를 깔고 앉아

하품을 하다가도

어느새 뛰어오를 때는

당겼다 놓은 활줄이

피융 우는 소리가 들리는 것 같고

네가 뛰어오른 자리에

맥없이 흔들리는 활이 보이는 것 같다.

너는 꼬리를 깃발처럼 들고

내가 앉은 의자를 느릿느릿 스친다.

하지만 왔구나 싶으면 너는 어느새 식탁 위에서

깨지기 쉬운 도자기 사이를 유유자적 누빈다.

너에게 음식은 중요한 문제.

부족함 없이 대령할 것을

한사코 요구하면서도

때로 사냥의 부상 하나 없이
새를 잡아 깃털까지 먹어치운다.

밤에 네가 우는 소리가 들려
어디 있나 찾아보면
있는 건 땅을 스치는
철쭉 잎사귀들의 그림자뿐.
꼬리에 검불을 잔뜩 달고 흠뻑 젖어서
비를 피해 들어올 때는
사리사리 아양과 요사를 부리다가도
일단 몸이 마르면 너는
늘 신출귀몰하는 꼬리를 따라
하늘을 찌르는 건방진 걸음으로 나를 떠나
열린 문 사이로 미끄러지듯 사라진다.

너는 제 백성을 조롱하는 왕처럼 걷고,
비단옷의 첩처럼 내게 추파를 던진다.

Shall I choke you, Cat,

Or kiss you?

Really I do not know.

고양아,

나는 너의 유독성 아름다움이 무서워

네가 쥐를 고문하는 걸 봤거든.

그런데도 네가 내 무릎에 누워 가르랑댈 때면

너의 보드라움을 제외한 모든 걸 잊는다.

그러다 내 손 위에 부채처럼 펴지는 너의 발톱을 느낄 때만

기억한다—

여러 해 전

내 머리 위 나뭇가지에 엎드려 있던 한 마리 퓨마를.

고양아, 너의 목을 졸라야 할지,

아니면 키스해야 할지,

정말이지 알 수가 없다.

To Winky, Amy Lowell

The cat and I

Together in the sultry night

Waited.

〈쇼팽〉 중에서

에이미 로웰

고양이와 나는
무더운 밤에 함께
기다렸다.

고양이는 쥐를
나를 영감을
미치게 열망했다.
누구의 야망도 충족되지 않았다.
그렇게 우리는
결리고 아픈 기대 속에 지켜봤다.
어린 산들바람이 나무 사이로 후두두 떨어지고,
여윈 별들이 우리에게
가냘피 눈짓하고,
그 지친 파동들이
안개를 간신히 통과하는 것을.

저들, 내가 말했다!

Winky, I said,

Do all other cats catch their mice?

그리고 내 마음은 두드리면 공허하게 울려.

윙키, 내가 말했다.

다른 고양이들은 모두 쥐를 잡을까?

---

from Chopin, Amy Lowell

Tyger! Tyger! burning bright

In the forest of the night,

타이거

윌리엄 블레이크

타이거! 타이거! 밤의 숲에서
밝게 작열하는 너,
어떤 불멸의 손과 눈이
너의 섬뜩한 균형을 빚을 수 있었나?

네 눈의 불은 애초에 어느 먼 바다,
어느 먼 하늘에서 타던 불일까?
신은 감히 어떤 날개로 그리로 날아들까?
감히 어떤 손으로 그 불을 붙잡을까?

그리고 어떤 어깨가, 어떤 기술이
너의 심장의 힘줄을 비틀 수 있었나?
그리고 너의 심장이 뛰기 시작했을 때
어떤 가공할 손이? 어떤 가공할 발이?

어떤 망치가? 어떤 사슬이?
너의 뇌는 어떤 용광로에서 나왔을까?

어떤 모루가, 어떤 가공할 손아귀가
감히 그 치명적인 공포를 움켜잡을까?

별들이 저들의 창들을 던지고
저들의 눈물로 하늘을 적셨을 때
신은 자신의 작품을 보고 미소 지었을까?
어린양을 만든 신이 너도 만들었단 말인가?

타이거! 타이거! 밤의 숲에서
밝게 작열하는 너,
어떤 불멸의 손과 눈이
감히 너의 그 섬뜩한 균형을 빚는단 말인가?

The Tyger, William Blake

늙은 고양이와 젊은 쥐

장 드 라 퐁텐

나이와 경험 모두 어린 생쥐 한 마리가
늙은 고양이의 마음을 녹일 셈으로 자비를
구했어요.
백전노장 집고양이 앞에서 웅변을 했죠.
"살려주세요. 저는 생쥐에 불과해요.
크기도 조그맣고 먹기도 조금 먹어요.
저 따위가 이 집에 무슨 폐가 되겠어요?
야옹님 생각해 보세요, 설마 제가
주인님 부부와 그분들의 세상을 굶주리게
하겠어요?
저는 낟알 한 톨이면 충분한 걸요.
호두라도 먹으면 몸이 터져 죽어요.
제가 지금은 말랐지만 조금만 기다려주세요.
야옹님의 아이들이 먹을 쥐를 남겨 둔다고
생각하세요."
잡힌 쥐가 이리 말하자 고양이가 대꾸했어요.
"뭔가 착각하는 모양인데,

Chat et vieux pardonner? cela n'arrive guères.

내게 그런 잡설이 통할 거라고 생각한 거냐?

벽에 대고 얘기하는 게 더 나을 것이다.

자애로운 늙은 고양이? 세상에 그런 건 없어.

이치에 따라 저승으로 내려가거라.

죽어라, 얼른 꺼져라.

죽음의 여신에게나 장광설을 늘어놓으렴.

내 아이들은 지들이 알아서 다른 먹이를 찾을
테니."

고양이는 생쥐를 날름 먹어치웠어요.

Le Vieux Chat et la Jeune Souris, Jean de la Fontaine

For I see best without the light—

The everlasting cat!

고양이 중의 고양이

윌리엄 브라이티 랜즈

나는야 고양이 중의 고양이. 내가 바로
영원불멸의 고양이!
교활하고 늙은, 기름이 좔좔 흐르는
영원불멸의 고양이!
나는 한밤에 해충을 사냥하는—
영원불멸의 고양이!
나는야 빛이 없을 때 눈이 가장 밝은—
영원불멸의 고양이!

The Cat of Cats, William Brighty Rands

But cats consider theft a game,

고양이의 양심

작자미상

개도 종종 뼈다귀를 훔치지만
양심의 가책을 느끼고
꼬리에 죄책감을 묻혀 다니지.

하지만 고양이에겐 도둑질이 놀이라
아무리 욕을 먹어도
조금의 창피한 기색도 없어.

만약 음식이 감쪽같이 사라진다면
야옹이는 당신이 생각하는 것보다
더 많이 알고 있을 가능성이 높아.

고로 행여 야옹이가 밥을
한두 끼 거부한다고 맥을 짚어보며
호들갑을 떨 필요가 전혀 없단다.

A Cat's Conscience, Unknown

You are,

You are,

What a beautiful Pussy you are!

부엉이와 야옹이

에드워드 리어

I

부엉이와 야옹이가 바다로 나갔죠.

예쁜 완두콩 색 배를 타고서,

꿀을 챙겨 들고, 5파운드 지폐 한 장에

돈을 두둑이 싸들고서.

부엉이가 별밤을 올려다보며

작은 기타를 치며 노래했죠.

"아아, 사랑스런 야옹이! 내 사랑 야옹이,

너처럼 어여쁜 야옹이는 다시없어,

너처럼,

너처럼,

어여쁜 야옹이는 다시없어!"

II

야옹이가 부엉이에게 말했죠, "맵시 있는 부엉이!

어쩜 그렇게 멋지고 달콤하게 노래하는지!

아아, 우리 결혼하자! 너무나 오래 미루었어.

한데 반지는 어디서 구한다?"

둘은 멀리멀리 항해했죠, 일 년하고도 하루 더,

둥둥나무*가 자라는 땅으로.

거기 숲에 새끼 돼지가 한 마리 있었죠.

코끝에 반지를 걸고서,

코끝에,

코끝에,

코끝에 반지를 걸고서.

III

"귀여운 돼지야, 그 반지를 1실링에 팔지 않으련?"

돼지가 말했죠, "좋아요."

그렇게 둘은 반지를 가져다가 다음 날로 결혼했죠.

언덕 위에 사는 칠면조를 주례 세우고

다진 고기와 모과 조각을 만찬 삼아

콩깍지 스푼*으로 떠먹었죠.

그리고 둘은 서로의 손을 잡고, 바닷가 모래 위에서

달빛을 받으며 춤을 추었죠.

달빛을,

달빛을,

달빛을 받으며 춤을 추었죠.

The Owl and the Pussy-cat, Edward Lear

* 둥둥나무(Bong-Tree)와 콩깍지 스푼(Runcible Spoon)은 시인이
이 시에서 만든 낱말이라 뜻이 정확히 전해지지 않는다.

Only cats, when they fall

From a house or a wall,

Keep their feet, mount their tails, and away!

애정사에 관해

고양이에게 보내는 호소문

토머스 플랫먼

한밤중에 서로에게 사랑을 토하는 고양이들이여,

연인의 격정과 고통을 누구보다 잘 아는 그대들이여,

그대들의 생채기와 넝마가 된 털에 호소하노라,

애정사를 그저 가르랑대는 정도에서 멈추어 주길.

구스베리 같은 눈의 그리말킨* 노부인은

워낙 현명해서 새끼 때부터 알던 것을

그대들은 경험으로 아는구나, 사랑의 발작은 길지

않다는 걸.

'귀여운 야옹이'는 오래가지 않아, 어느새 '음탕한

괭이'로 변하지.

사람은 수없이 길을 달리고,

고양이는 수없이 기와를 밟지.

싸움에 목숨을 거는 건 둘이 똑같지만,

지붕에서 또는 벽에서

떨어질 때는 오직 고양이만이

제대로 착지하고, 꼬리에 올라타서, 내뺄 줄 알지!

An Appeal to Cats in the Business of Love, Thomas Flatman

* grimalkin: 늙은 암고양이를 일컫는 말.

You know how a cat

will bring a mouse it has

caught and lay it at your

고양이가 쥐를 잡아다

제임스 라플린

고양이가 쥐를 잡아다 굳이
주인의 발아래 가져다놓듯이

나도 그렇게 매일 아침 그대에게
내가 한밤에 잠에서 깨어 쓴 시를

그대 아름다움에 대한 헌사와
내 사랑의 서약으로 바칩니다.

You Know How a Cat, James Laughlin

"Though a cat I'm a good angel, too."

아기고양이 천사

리언틴 스탠필드

하양 아기고양이 유령 하나가
밤낮으로 구슬피 울어댔어요.
천국 문을 지키는 베드로 성인이
참다못해 물었죠.
"애야, 대체 왜 그러는 거냐?
여기서 그렇게 울어대는 이유가 뭐야?"
"제 주인 넬리가 보고 싶어요."
아기고양이 유령이 엉엉 울며 말했어요.
"넬리는 저 없이는 행복하지 못해요.
문을 열고 저를 들여보내 주세요, 네?"
"썩 가거라." 충격을 먹은 수문장 성인이
으름장을 놓았어요. "그런 발상 자체가 죄다.
나는 선한 천사들에게 문을 여느니라.
너 같은 떠돌이 녀석이 아니라."
"좋아요, 야옹." 하양 아기고양이가 훌쩍였어요.
"저는 고양이지만 착한 천사이기도 해요."
베드로 성인은 이 방자한 주장에 황당해했지만

한 치의 실수도 있어선 안 된다는 것을 알기에
한동안 말없이 깊은 생각에 잠겼어요.
성인의 이름과 명예가 걸린 일이었거든요.
이윽고 성인이 고양이를 품에 안았어요.
"이제 조용. 기도를 올리려무나."
성인은 천국의 문을 열고
빛나는 황금 계단을 올랐어요.

어린 소녀 천사 하나가 날아와 외쳤어요.
"성 베드로님, 제 고양이예요."
반가워 어쩔 줄 모르는 둘을 본
성인은 천사 고양이를 머물게 해 주었어요.

지금까지 천국의 복자들과 함께 사는
아기고양이의 이야기였어요.
죽음의 어둠을 무찌르고 하늘 끝에 닿은
고양이의 이름은 사랑이었어요.

———————————

The Little Cat Angel, Leontine Stanfield

고양이

샤를 보들레르

I

자기 집인 양 내 머릿속을
거니는 예쁜 고양이.
강하고 상냥하고 매혹적이어라,
들릴까 말까 하게 야옹거린다.

너무나 다정하고 은은한 음색
가르랑댈 때나 으르렁댈 때나
언제나 깊고 그윽한 목소리,
그게 바로 너의 매력이자 비밀.

이 목소리, 내 마음속 가장 어두운
바닥까지 방울방울 스며들어
다채로운 시구처럼 나를 채우고
사랑의 미약처럼 나를 달뜨게 해.

그 목소리는 지독한 고통도 잠재우고

세상의 모든 희열을 담고 있어서
긴긴 말을 할 때에도
단어가 필요치 않아.

그렇다, 완벽한 악기, 내 마음에 파고들어
그중에서도 가장 예민한 현을
이보다 능수능란하게 연주할
활은 존재하지 않아,

오직 너의 목소리밖에는. 신비로운 고양이여,
천사처럼 신이한 고양이여,
천사처럼 너의 모든 것도
미묘하고도 조화롭구나!

II
금색과 갈색 털에서 풍기는
너무나 감미로운 향기

어느 저녁 한 번, 오직 한 번
만졌을 뿐인데 내게도 배었다.

너는 이곳을 지키는 정령,
자기 제국의 모든 것을
심판하고, 관장하고, 고취한다.
너는 아마도 요정일까, 신일까?

자석에 끌리듯, 사랑하는
고양이에게로 향했던 내 눈이
공손히 있던 데로 돌아와
나의 내면을 들여다보다가

퍼뜩 놀라서 본다,
밝은 등불처럼, 생생한 오팔처럼
나를 또렷이 응시하는
창백하게 불타는 너의 눈동자를.

———————————

Le Chat, Charles Baudelaire

Katze, stolze Gefangene,

고양이에게 바치는 시

한스 카로사

고양이여, 오만한 포로여,
한동안 올 생각도 않더니
어스름 깔린 탁자를 넘어
이제야 머뭇머뭇 다가온다

일과의 끝을 알리는 전령인가,
바지런한 펜이 미웠던 걸까
막 쓰기 시작한 원고에
살포시 앞발을 올린다

새로운 생각들을 일깨우는 너,
너는 정말 차분하고 멋지구나!
너의 내밀한 오르간이 나직이
골골 울리는 소리가 들린다

소리 없이 문이 열린다
모든 것이 낯설어진다

너의 이마를 만지면
문득 달이 느껴진다

무슨 생각을 하니? 오늘 있었던 일?
네가 놓친 것과 이룬 것?
장난? 사냥? 먹잇감?
아니면 혹시 꿈을 꾸는 거니?

잔인한 현재의
덧없는 미몽에서 벗어나
인간의 방식에
너그러이 동참하는 꿈

우리에게 보이지 않는
어떤 빛 속을 걸어서
위대한 체념의 축복 속에
세상으로 다가가는 꿈

———————————

Gedicht an die Katze, Hans Carossa

〈바보의 노래 두 곡〉 중에서

윌리엄 버틀러 예이츠

점박이 고양이 한 마리와 길든 산토끼 한 마리
내 난롯가에서 먹고
거기서 잠을 잔다.
그리고 둘 다 나만을 바라본다.
배움과 보신을 위해서
내가 신의 섭리를 바라보듯이.

문득 잠에서 깨어 생각한다.
녀석들에게 밥과 물을 주는 걸
어느 날 내가 잊을지 몰라.
또는 집 문을 닫지 않아서
토끼가 뛰쳐나가고, 그래서 녀석이
사냥피리의 선율과 사냥개의 이빨을 만날지 몰라.

나는 짐을 지고 있다,
매사 규칙에 매여 사는 인간이 자초한 짐을.
그러나 내가 어쩌겠는가,

나는 정신이 오락가락하는 바보인 것을.

이 막중한 책임을 덜어주시길

신에게 기도할밖에.

Two Songs of a Fool, William Butler Yeats

티타임에 고양이들이 왔어요

케이트 그리너웨이

아가씨가 나무에 기대 서 있을 때였어요.
이게 무슨 일이죠— 오오, 대체 무슨 일이죠?
맙소사, 고양이들이 죄다 차를 마시러 왔어요.

어쩌나, 엄청나게 모였어요— 사방팔방에서 왔어요.
집집마다 고양이를 죄다 풀어놓았고
그 바람에 고양이들이 들입다 뛰어오며 외쳤어요.

"야옹—야옹—야옹!" 이들이 할 수 있는 말은
이것뿐,
그리고 "오늘도 안녕하신지요."

오오, 어떻게 해야 하죠— 오오, 어떡해야 하죠?
얼마나 많은 우유를 먹어치울까요,
이렇게 "야옹—야옹—야옹!" 몰려와서 말이에요.

아가씨는 알 수가 없었어요— 오오, 알 수가

없었어요.

　이들이 버터 바른 빵을 좋아할까? 아냐,

　이들은 생쥐를 원할 거야, 아아, 어쩌지!

　아이 참나— 세상에 말이에요,

　고양이들이 죄다 차를 마시러 왔지 뭐예요.

The Cats Have Come to Tea, Kate Greenaway

몬태규 미카엘

몬태규 미카엘
당신은 너무 뚱뚱해
흉악한 늙은이, 교활한 늙은이
잘 먹어 번드르르한 고양이

당신은 밤새
비단 방석에서 잠자고
하루에 두 번씩
내가 바치는 우유를 먹지

어쩌다 한번
쥐라도 한 마리 잡으면
잘난 척이 온 집안에서
따라올 자가 없어

Montague Michael, Unknown

The cat's asleep; I whisper *Kitten*

행복한 고양이

랜들 자렐

고양이가 잔다. 나는 속삭인다, '야옹아'
녀석이 몸을 살짝 틀며 골골댈 때까지—
녀석은 깨지 않는다. 오늘은 나뭇가지에
(내려갈 엄두가 나지 않는 가지에)
올라가놓고
집에 있는 내가 들을 때까지 야옹거린다.
내가 기어 올라가 녀석을 내려준다. 야옹.
녀석이 하는 말, 녀석이 보는 건 한정적이고
내가 하는 대답은 그보다 더 변변치 못해.
나는 생각한다, "운이 좋아. 네 건 다 그래."
근데 네가 가진 게 나밖에 더 있어?
농담이지만 농담만은 아니다.
나와 이 집이 녀석이 기억하는 전부다.
다음 달이면 겨울이란 걸 녀석이 알기나 할까,
무질서의 차원을 넘어 우주 전체가
마침내 차가운 내리막으로 떨어진다는 걸?
녀석을 생각할 때마다 가슴이 저리다.

가여운 쭈그렁 고양이, 너는 왜 모르니,
네가 가진 건 고작 인간 하나뿐인 걸?
인간은 행복하지 않은데, 너는 왜?

The Happy Cat, Randall Jarrell

고양이

기욤 아폴리네르

내 집에 갖고 싶은 것:
사리 밝은 아내,
책 사이를 누비는 고양이,
내가 죽고 못 사는
계절을 타지 않는 친구들.

Le Chat, Guillaume Apollinaire

"Du mußt nur die Laufrichtung ändern", sagte die Katze und fraß sie.

짧은 우화

프란츠 카프카

"젠장," 생쥐가 말했다. "날이 갈수록 세상이 점점 좁아져. 전에는 하도 넓어서 무서울 지경이었는데. 달리고 달리다가 마침내 저 멀리 양옆으로 벽이 보이면 반가울 정도였는데—그런데 지금은 이 벽들이 빠르게 모여서 어느새 내가 막다른 곳으로, 구석에 놓인 덫으로 곧장 뛰어드는 판국이 됐어."

"방향만 바꾸면 될걸." 고양이가 말했다. 그리고 쥐를 먹어치웠다.

Kleine Fabel, Franz Kafka

I, born of a race of strange things,

집고양이

포드 매덕스 포드

슬슬 감기는 눈으로 난롯가에서 숙고하노라,

마지막 석탄이

꺼질 때까지.

그동안 내가 냄새 맡은

생쥐 구멍 하나하나,

귀뚜라미 통로 하나하나에 대해.

그동안 나는 썩어가는 서까래의 은밀한 움직임을

감지했고,

덤불 속 새소리도 남김없이

엿들었지.

다 보여, 내 눈은 못 피해.

너,

나무에 숨은 나이팅게일!

이 몸은 이국의 것들과

사막들과 대신전들과 위대한 왕들 속에서

나이팅게일 따위는 노래할 수 없는 뜨거운 모래

속에서 태어났거든!

The Cat of the House, Ford Madox Ford

In Han's old mill his three black cats

Watch the bins for the thieving rats.

다섯 개의 눈

월터 드 라 메어

한스의 낡은 방앗간에는 검은 고양이 세 마리가
도둑 쥐들에게서 한스의 곡물통을 지킨다.
수염과 발톱을 세우고 밤마다 웅크려 앉는다,
다섯 개의 눈이 이글이글 녹색으로 탄다.
밀가루 부대에서 나는 찍찍 소리,
찬바람 이는 빈 계단에서 나는 찍찍 소리,
사방에서 들리는 찍찍 다다닥.
다음 순간 그들이 덮친다. 동에 번쩍 서에 번쩍.
휘리릭 움직이는 꼬리를 향해, 쿵쿵대는 주둥이를
향해.
늙고 마른 한스가 코를 골며 자는 동안,
어슴푸레 먼동이 터올 때까지.
이윽고 한스가 삐걱대는 방앗간으로 올라오고
먹어서 뿌예진 그의 고양이들이 나온다─
제켈, 제섭, 그리고 외눈박이 질.

Five Eyes, Walter de la Mare

She runs without the look of feet—

Her eyes increase to Balls—

문득 새를 보다

에밀리 디킨슨

고양이가 문득 새를 본다—히죽 웃는다—
납죽 엎드린다—그렇게 기어간다—
발이 안 보이게 달린다—
눈동자가 왕방울만 해진다—

턱이 씰룩인다—움찔움찔—배고프다—
이빨이 도무지 가만있지 않는다—
뛰어오른다, 하지만 울새가 먼저 뛰어올랐다—
아아, 모래 빛깔 고양이여,

기대가 너무나 달콤하게 무르익어서—
그 즙에 혀가 거의 젖을 정도였는데—
지복(至福)이 백 개의 발가락을 드러냈다가—
그만 남김없이 달아나버렸다—

———————————

She Sights a Bird, Emily Dickinson

Cat! who hast pass'd thy grand climacteric,

고양이에게 바치는 소네트

존 키츠

대액년(大厄年)*도 넘긴 늙은 고양이!

한창 때 그대가 해치운 큰쥐와 생쥐는

얼마나 될까요? 훔쳐 먹은 음식은 또 얼마나?

나른히 빛나는 녹색 눈으로 날 봐요.

벨벳 조각 같은 귀를 쫑긋 세워요. 하지만 부디

숨겨둔 발톱으로 날 찌르지는 마요. 그리고 부드럽게

야옹 울어 봐요, 그리고 그대의 전적을 모두 말해 봐요,

그 많은 생선과 생쥐, 큰쥐와 야들야들한 병아리에 대해.

아니, 아니, 눈을 내리지 마요, 앙증맞은 손목을 핥지

마요.

비록 숨은 천식처럼 가빠졌지만, 비록 꼬리 끝은 잘려

나갔지만,

그리고 비록 하녀들이 그대를 수없이 쥐어박았어도,

그대의 털은 아직도 그대가 소싯적에

유리병 박힌 담장 위에서

결투를 벌일 때만큼

보드라워요.

Sonnet to a Cat, John Keats

* grand climacteric: 서구에서 말하는 대액년은 63세 또는 81세다.

The gingham dog went "Bow-wow-wow!"

And the calico cat replied "Mee-ow!"

결투

유진 필드

깅엄* 강아지와 캘리코** 고양이가
탁자 위에 나란히 앉아 있었어.
세상에 밤 열두 시 반인데 (말이 돼?)
이놈도 저놈도 잠 한숨 자지 않았어!
낡은 화란 시계와 중국 접시는
딱 알았지, 운명처럼 명백하게,
바야흐로 끔찍한 싸움이 벌어지리란 걸.
(나는 현장에 없었어. 나는 그저
중국 접시에게 들은 대로 말할 뿐!)

깅엄 강아지가 "컹컹!" 짖어대자
캘리코 고양이가 "야아옹!" 울어댔어.
한 시간쯤 흘렀을까, 허공에
깅엄과 캘리코 조각들이 흩날리고
벽난로 위의 낡은 화란 시계는
시침과 분침으로 얼굴을 가렸어.
가족 싸움은 눈 뜨고 보기 힘들다나!

---

*   gingham: 체크무늬 면직물.
** calico: 옥양목, 삼색 얼룩고양이를 캘리코라고 한다.

91

(잊지 마, 나는 낡은 화란 시계가
주장하는 대로 전하고 있다는 걸!)

중국 접시는 새파랗게 질려서
울부짖었어, "어머나, 저걸 어째!"
하지만 깅엄 강아지와 캘리코 고양이는
엎치락뒤치락 이리 뒹굴고 저리 뒹굴었어.
이빨과 발톱을 있는 대로 세우고
어디서도 본 적 없을 만큼 살벌하게ㅡ
참! 깅엄과 캘리코 조각들이 마구 날아다녔지!
(꿈에라도 내가 과장한다고 생각하지 마ㅡ
중국 접시에게서 들은 얘기야!)

이튿날 아침 둘이 앉았던 곳에는
개의 흔적도 고양이의 흔적도 찾을 수 없었어.
오늘날까지도 이렇게 생각하는 사람들이 있더군,
도둑이 둘을 몰래 훔쳐갔다고 말이지!

하지만 고양이와 강아지에 대한 진실은
이거야, 둘은 서로를 먹어치운 거야!
어때, 어떻게 생각해?
(낡은 화란 시계가 그렇게 말했다니까,
아니면 내가 어떻게 알았겠어.)

The Duel, Eugene Field

On the death of a cat, a friend of mine aged ten years and a half

고양이가 죽고 내 친구는 십 년 반 늙었다

크리스티나 로세티

누가 있어 이 여인의 애통함을 말하랴,
그녀의 고양이가 무지개를 건넜다.
오래 정들었던 고양이에게 쏟은
뜨거운 눈물을 누가 다 셀 수 있으랴.
그날의 작별이 까맣게 찢어놓은 심장을
누가 있어 말로 다 하랴.

오거라, 너희 뮤즈들이여, 하나 빠짐없이
나의 부름을 고분고분 받들어라.
와서 애도하라, 선율 어린 숨결로
너희 수만큼 수없이 애도하라.
너희들의 한숨이 합창처럼 터질 때
내가 그녀를 위한 비가(悲歌)를 노래하리.

그녀는 지체 높은 족속으로 와서
그리말킨이라는 이름으로 살았다.
무척이나 많은 젊거나 늙은 쥐들이

그녀 가문의 무용(武勇)에 떨었고,
무척이나 많은 약하거나 강한 쥐들이
그녀의 치명적인 발 아래 웅크렸다.
집 주위를 날아다니는 새들 또한
덮쳐오는 앞발을 피해 몸을 사렸다.

하지만 어느 날 밤 그녀는 기력을 다했고
자리에 누웠고 이윽고 숨지고 말았다.
그 옆에 남겨진 새끼고양이는
천지간에 어미를 잃었다.
그녀의 생명과 혈통을 지켜라,
어린 핏덩이를 보살펴라.
새끼도 죽은 어미만큼 세상에
널리널리 이름을 떨치리라.

그리고 고양이가 잠든 가련한 무덤을
지나는 이여, 그대가 누구든

살포시, 살포시 걸음을 옮겨다오,
그녀의 무덤이 흩어지지 않게.

.

On the Death of a Cat, a Friend of Mine Aged Ten Years and a Half,
Christina Rossetti

Like primitives we buried the cat

with his bowl. Bare-handed

파란 밥그릇

우리는 원시인처럼 고양이를 묻었다
고양이 밥그릇과 함께 맨 손으로
모래와 자갈을 쓸어 담아
구덩이를 도로 채웠다
흙이 슥슥 미끄러져
고양이의 옆구리와,
길고 붉은 털과, 발가락 사이의
하양 깃털과, 매부리코는 아니지만
길쭉한 코 위에 툭툭 떨어졌다

우리는 일어나 서로의 옷을 털었다
이보다 더 가슴 에는 슬픔들도 있다

남은 하루 우리는 말없이 일했고,
먹었고, 응시했고, 잠잤다 밤새
폭우가 내렸다 이제 날이 개자 울새가
물이 뚝뚝 떨어지는 덤불에서

조잘조잘 운다 호의로 한 말이지만 노상
안 하니만 못한 말을 하는 이웃처럼

The Blue Bowl, Jane Kenyon

달빛 정원

에이미 로웰

장미 사이의 검은 고양이,

상현달 아래 라일락이 서린 패랭이꽃,

페루향수초와 비단향꽃무의 달콤한 냄새.

정원은 너무나 고요하고,

달빛에 몽롱하고,

향기에 취해 있고,

양귀비 꽃망울이 나오는 아편 꿈을 꿉니다.

삼잎국화의 봉오리만큼 높이,

내 발치의 알리숨꽃만큼 낮게,

반딧불이 불빛이 열리고 사라집니다.

나뭇잎과 격자울타리에 어리는 달빛,

불두화 덤불을 창처럼 찌르는 달빛.

레이디스딜라이트의 작은 얼굴들만 초롱초롱 깨어

있고,

장미 사이를 살금대는 고양이만

나뭇가지를 흔들고, 잎 하나가 떨어져

물이 흩어지고, 격자무늬 그림자가 흩어집니다.

그리고 당신이 옵니다.

당신은 정원처럼 조용하고,

알리숨 꽃처럼 하얗고,

반딧불이의 소리 없는 불꽃처럼 아름답습니다.

아, 사랑하는 이여, 저기 주황색 나리꽃이

보이시나요?

저들은 내 어머니를 알았죠.

하지만 내가 가고 나면 그땐

내게 속한 누구를 알아줄까요.

The Garden by Moonlight, Amy Lowell

고양이와 달

윌리엄 버틀러 예이츠

고양이는 여기저기 돌아다녔고

달은 팽이처럼 뱅뱅 돌았어.

고양이는 달과 가장 가까운 친척,

살금살금 가다가 눈을 들었어.

검은 고양이 미나루시가 달을 쳐다봤어.

제멋대로 헤매고 울어대는 고양이

하늘에 박힌 깨끗하고 차가운 빛이

그의 짐승 피를 어지럽혔거든.

미나루시가 발을 사뿐사뿐

들어올리며 풀밭을 달린다.

춤을 추니, 미나루시? 춤을 추는 거니?

동족끼리 만났을 때

춤을 청하는 것보다 좋은 게 있을까?

어쩌면 달은

그런 정중한 방식에 싫증나

새로운 댄스 턴을 배울지 몰라.

미나루시가 풀 사이로 살금살금

Does Minnaloushe know that his pupils

Will pass from change to change?

달빛 어린 이곳저곳을 기어가고,
머리 위의 신성한 달은 그새
새로운 모양으로 변했어.
미나루시는 알까? 자기 눈동자도
모양이 계속 바뀌는 것을,
둥근달에서 초승달로
초승달에서 둥근달로 변하는 것을?
미나루시가 풀 사이로 살금살금
혼자서, 세상 중요한 일인 양 기어간다.
그리고 늘 변하는 달을 향해
늘 변하는 눈을 든다.

The Cat and the Moon, William Butler Yeats

The cat cocks her ears

—multitudinous rustling

and cracking all around—

고양이와 바람

톰 건

작은 바람 하나
생울타리를 건너
마당으로 불어온다.
고양이 귀가 쫑긋
―사방은 백태만상의
바삭거림과 삐걱거림
고양이의 동공이 작아져
노란 눈 위의
점이 된다.
처음에는 위를 봤다가
다음에는 사방을 살피지만
한숨에 덮칠
딱 하나를
딱 정하기가 어려워.
잔가지들, 잎사귀들,
잔자갈들, 모든 것이
한꺼번에, 마치 오케스트라처럼

멈췄다가 시작했다가
또 멈추면서
그렇게 서로서로
살랑이고
부대끼니까.

고양이는 아직도 귀 기울인다.
바람이 이미 마당 세 개만큼
멀어졌는데도.

The Cat and the Wind, Thom Gunn

고양이는 뚱뚱하게 자고

로잘리 무어

고양이는 뚱뚱하게 자고 날씬하게 걷는다.
고양이는 잘 때는 늘어지게 자지만
잠에서 깨면 옆구리를 당겨 넣는다.
불룩했던 데가 다시 찰싹 달라붙는다.
고양이는 날씬하게 걷는다.

고양이는 보따리처럼 기다리고
번개처럼 뛰어오른다.
고양이는 뛰어오를 때는 미끈하다.
껍데기를 벗어버리는 포도알처럼ㅡ
고양이에겐 기술이 있다.
고양이는 삐걱대지 않는다.
슬그머니 간다.

고양이는 뚱뚱하게 잔다.
푹신한 요를 깔 듯
몸 아래에 안락함을 펼친다.

마치 터를 잡듯이
당당히 들어앉는다.
그러면 우리는
고양이가 시청인 것처럼
빙 돌아서 간다.

Cats Sleep Fat, Rosalie Moore

하양 고양이들

폴 발레리

금빛 햇살 속에 허리를 길게 늘이는
눈처럼 하얗고 요염한 고양이들을 보라.
내밀한 어둠을 시샘하며 두 눈을 감고,
윤기 흐르는 털에 포근히 묻혀 잠이 든다.

여명에 젖은 빙하처럼 반짝이는 털,
그 털 아래 여리여리하고 예민한 몸이
드레스 속의 아가씨처럼 전율하며
자신의 아름다움을 한없이 나른하게 다듬는다!

옛날 옛적 철학자와 여인의 살에
숨을 불어넣은 것은 고양이의 혼이 분명해! 왜냐,
고양이는 티 없이 눈부신 천진함과

초연(初演)처럼 수줍은 교만으로
스스로 귀족이 되어 세상을 도도하게 깔보며
햇빛을 제외한 모든 것에 무심하니까!

Les Chats Blancs, Paul Valéry

The graceful animal

And all the poeple look at him

He is so beautiful.

노래하는 고양이

스티비 스미스

붐비는 열차에서 본
작은 고양이. 갇혀서
불안에 떠는 녀석을 달래주려
여주인이 녀석을 상자에서 꺼내

무릎에 올리고 꼭 끌어안는다.
고상한 짐승,
모두가 녀석을 본다.
너무나 예쁘다.

그러나 녀석은 따갑게 꾹꾹 찔러대며
주인의 무릎에서 몸을 뒤틀다가
때 묻지 않은 목청에서
애처로운 곡조를 뽑아낸다.

녀석이 때 묻지 않은 목청을 높여
목청을 높여 노래를 한다.

And all the people warm themselves

In the love his beauty bringeth.

그리고 사람들의 얼굴 각각에
은총의 미소를 불러온다.

녀석이 때 묻지 않은 앞발을 들어
그녀의 가슴에 꼭 매달린다.
그러자 모두가 탄복한다, 저것 좀 봐요,
저 고양이, 노래하는 고양이.

녀석이 때 묻지 않은 목청을 높여
목청을 높여 노래를 한다.
그러자 모든 사람이 따뜻해진다.
녀석의 아름다움이 불러온 사랑으로.

The Singing Cat, Stevie Smith

i niekiedy

ledwo czytelne odciski

kocich łapek, ginące

w czasoprzestrzeni.

오래된 원고

리샤르트 크리니츠키

옛 시인의 오래된 원고에
서려 있는 그을음, 무수한 담배 구멍,
커피 얼룩, 드문드문
적포도주 흔적, 그리고 이따금씩
보일 듯 말 듯
사차원 시공간으로 사라지는

고양이 발자국들.

Na kruchych rękopisach, Ryszard Krynicki

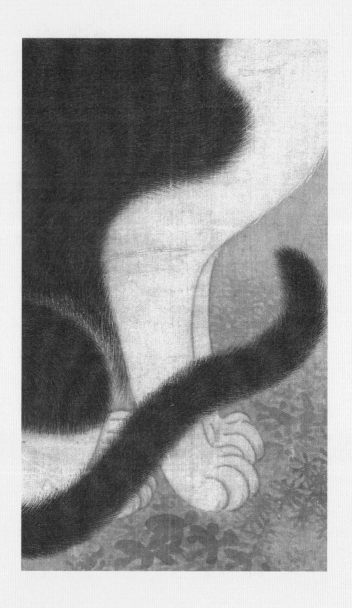

너는 아무 말도 하지 않지만
나는 너의 말이 들리는 것 같다.

"나는 이 꽃이에요,
이 하늘이고 이 의자예요.
나는 그때의 폐허였고,
그때의 바람, 그때의 온기였어요.
내가 변장했다고 나를 못 알아보는 거예요?
당신이 자신을 사람으로 생각하기 때문에
나를 고양이로 생각하는 거예요.

대양의 소금처럼,
허공의 외침처럼
사랑 안의 합일처럼
나는 나의 모든 모습들 속에

고루 흩어져 있답니다.

당신이 원하면 그것들이 내 안으로 돌아올 거예요.

지친 새들이 저녁이면 다시 둥지로 찾아들 듯이
말이죠.

고개를 돌리고 이 순간을 지워요.

생각의 대상을 두지 말고 생각해요.

어미 고양이는 새끼를 입으로 물고

아무도 찾아내지 못할 곳으로 데려가죠.

그 새끼고양이처럼 자신을 비워 봐요."

〈고양이 물루Le Chat Mouloud〉 중에서,
장 그르니에

아는 고양이

이재경

그 고양이 이름은 미케였다.

나는 1996-97년에 프랑스와 영국에서 '일 년 살이'를
했다. 돌아보면 일종의 늦깎이 갭이어(gap year)였는데
내 유일한 해외 장기 체류 경험이 됐다. 첫 도착지는
프랑스 브장송이었다. 역에 나를 마중 나온 홈스테이
가족은 극동아시아인을 처음 보는 표정이었고 내 이름은
당연히 발음하지 못했다. 아파트에 들어서자 소파 등받이
위에서 하얀색 창문 커튼을 면사포처럼 덮어쓰고 나를
잔뜩 노려보는 두 눈이 보였다. 가족에게 고양이가
있었다. 그보다 몇 해 전에 죽은 우리 고양이 루비와는
엄청 다르게 생겼지만, 나는 다시 고양이와 살게 됐다.
당시 한국에서는 개 사료는 몰라도 고양이 사료는 구하기
쉽지 않았는데, 미케는 매일 참치 캔 같은 사료를 몇 개씩
먹었다. 루비도 치즈태비답게 기골이 장대했지만, 이
고양이의 덩치는 차원이 달랐다. 하양/검정 점박이 풍선
같았다. 거의 움직이지도 않았다. 미케가 미키마우스

미키(Mickey)의 프랑스어 발음이라는 건 며칠이
지나서야 알았다. 프랑스 고양이에게 미국 쥐 이름을 붙인
인간은 그 집 고등학생 아들이었다. 프랑스 십 대 청소년의
프랑스어는 내가 학교에서 배운 프랑스어와 거리가
멀었다. 당연히 대화는 한계가 있었다. 나는 수업 다니면서
또는 좁다란 브장송 바닥을 유람하면서 찍은 사진들을
몇 주에 한 번씩 사진기째로 현상 맡겼다. 그렇다. 그때는
그런 시절이었다. 길에서 샛노란 코닥 간판을 찾아 필름을
맡기고 하루나 이틀 후에 사진을 찾던 시절. 미케 사진도
꽤 찍었는데 사진 뽑은 걸 고딩 녀석에게 줬더니, 고양이가
거의 움직이지 않고 날 보는 표정마저 늘 험악해 그 사진이
그 사진 같은데도 몹시 좋아라 했다. 그때 녀석에게 말해
주었다. 나도 고양이가 있었다고.

시간이 흘러 가을이 왔고, 나는 프랑스에 오기 전 서울에서
했던 것을 이번엔 영국으로 건너가기 위해서 파리에서
했다. 퐁피두 도서관 도서열람대에 죽 꽂혀 있던 영국 유학

정보지에 홈스테이 가정을 연결해 주는 에이전트들의
연락처가 있었다. 목적지에 맞는 곳에 편지를 보내
한 집을 소개받았다. 며칠 후 나는 파리 15구의 어느
공중전화 부스에서 과연 내 목구멍에서 영어가 나와 줄지
떨면서 영국에 전화를 걸었다. 지금도 가끔씩 그리운 팻
아줌마와의 첫 통화. 팻은 내게 어느 나라 사람인지도
묻지 않았다. 그녀의 첫 질문은 "고양이 좋아해요?"였다.
떨리는 목소리로 예스. "우리 집에는 고양이가 일곱 마리
있어요." 오, 아이 러브 캐츠. "잘됐네요. 언제 오나요?"

내가 팻의 집에 사는 동안, 며칠간이지만 고양이가 여덟
마리가 된 적이 있었다. 이웃이 길에서 구조했다며 어린
카오스(일명 삼색이) 고양이를 팻에게 맡겼다. 팻은 자기
집이 고양이 보호소냐며 역정을 내면서도 당장 고양이
이름을 제크라고 지었다. 제크는 여덟 마리 가운데
유일하게 내 방에 들어온 고양이였다. 고양이들은 일부는
아예 이층으로 올라오지도 않았고, 일부는 주로 집 밖을

돌아다녔고, 집에서도 각자 있는 자리가 따로 있었고,
서로 사이가 나빴다. 특히 티가라는 고등어태비가 다른
놈들에게 자주 쫓겨 다녔다. 이층 천장에 난 다락문이
열렸을 때 티가가 전광석화처럼 그리로 올라가는 바람에
또 다른 하숙생 파니와 함께 다락에서 한 시간이나
고양이를 찾은 적도 있었다. 그때 나는 외국인만
공격한다는 '카펫 빈대' 때문에 정강이가 짓물러서
약국에서 벌레 퇴치용 스프레이를 사다가 방에 뿌렸다.
약사가 동물은 반드시 내보내야 한다고 해서 행여 제크가
들어올까 봐 처음으로 방문을 잠갔다. 그날 귀가했더니
팻이 제크가 집 앞길에서 차에 치어 죽었다고 했다.
다른 이웃이 제크를 발견해서 상자에 넣어 데려왔다고
했다. 그날 밤 팻과 친정에 놀러온 팻의 딸이 고양이를
뒷마당에 묻는 것을 나와 파니도 지켜봤다. 뒷마당은
사유지라 괜찮다고 했다. 팻의 딸이 기도도 했다. 며칠 본
고양이라고 눈물이 많이 났다.

우리 고양이 루비가 죽고 얼마 후 리버 피닉스도 세상을
등졌다. 1993년은 그런 해였다. 그해 11월 친구가 내게
장 그르니에(Jean Grenier)의 수필집 《섬Les Iles》을
주었다. 친구가 뒷장에 "오직 한 가지, 생(生)에 전념할 수
있는 나는 얼마나 행복한가."라는 시몬 드 보부아르의
말까지 써서 선물한 그 책을 지금도 가지고 있다. 책 속의
〈고양이 물루〉를 읽으며 어려서는 조랭이떡처럼 앉고
자라서는 꿀덩어리처럼 지나가던 루비 생각을 많이 했다.
읽는 동안에도 루비가 턱으로 문을 밀면서 들어올 것만
같았다. 돌아보면 고양이는 공포는 있어도 부끄러움은
없었다. 회피는 있어도 주눅은 없었다. 행복을 찾듯
햇빛을 좇고 사랑을 구하듯 온기를 맡는 생명체였다.
참된 삼차원을 살고, 허공의 주름 속에 숨은 존재들을
목격하고, 틈틈이 많이 자면서 생을 꿈꿨다. 카뮈가
말한 '살려는 열정, 알려는 열정'을 부단히 과시했다.
경계할 것을 끈질기게 경계하고, 사랑할 것을 의심
없이 사랑했다. 평소엔 찰나를 짚으며 군더더기 없이

움직이지만, 잠자리를 잡을 때는 완벽해질 때까지 뱅뱅
돌다가 온힘을 다해 자기를 끌어안았다. 보부아르가
말한 '생에 전념하는 나'는 고양이를 말하는 시구라 해도
손색이 없었다. 내가 만난 모든 고양이들이 그랬다.
모르는 이는 고양이가 인간과의 교감에 야박하다고 한다.
하지만 고양이와 살아 본 사람은 안다. 어느 날 고양이가
'내가 너에게 내 영역을 허하노라.' 하는 눈빛을 던진다.
그 눈빛을 영접하면 그걸로 아무 여한이 없었다. 인간은
한낱 미물이었다.

이렇게 고양이에게 빼앗긴 마음을 영미와 유럽의
여러 시인이 읊었다. 그중에서 42수를 이 책에 실었다.
고양이에 대한 시들이자 사랑과 자유와 그리움에 대한
시들이다. 심장에 고양이 발자국 낙인이 찍힌 분들에게
이 책을 권한다. SF작가 로버트 A. 하인라인은 "우리가
이승에서 고양이에게 보인 태도가 천국에서 우리의
위상을 결정한다."고 했다. 내가 만났던 고양이들, 천사를

대신해 이곳에서의 시간을 채우고 하늘로 돌아간 고양이들,

오늘도 어딘가에서 기지개를 켜는 고양이들이여,

행복하기를. 고양이가 불행한 곳에 삶은 없다.

시인들과 고양이

기욤 아폴리네르 Guillaume Apollinaire

1880-1918. 20세기 초 파리의 보헤미안 예술가 집단(피카소,
거트루드 스타인, 장 콕토, 에릭 사티, 라울 뒤피 등)과 교류한
초현실주의의 선구자. 1917년 장 콕토와 에릭 사티의 발레
공연 〈파라드〉의 팸플릿에 글을 쓰며 '초현실주의'라는 용어를
처음 사용한 것으로 전해진다. 1911년 피카소와 함께 모나리자
도난 사건의 용의자로 체포되기도 했다. 시집 《알코올》(1913),
《칼리그람》(1918)이 대표작으로 꼽힌다. 화가 라울 뒤피와
《동물시집》(1911)에 고양이를 비롯한 서른 가지 동물의 행렬을
시와 판화로 펼쳤다.

'Le Chat' from *Le Bestiaire, ou Cortège d'Orphée* by Guillaume
Apollinaire

나오미 쉬하브 나이 Naomi Shihab Nye

1952년 생. 팔레스타인계 아버지와 미국인 어머니 사이에서
태어났다. 그녀는 여섯 살에 처음으로 노래를 쓴 이후 시와
그림책과 소설을 넘나들며 30권 넘는 작품을 발표했다. 2019년
미국 시재단(Poetry Foundation)의 청소년 시인상을 받았다.
그녀의 시 〈사연 없는 고양이는 없다〉는 청소년, 특히 소녀들을
위해 새로 쓴 시선집 《A Maze Me》에 수록되어 있다.

'Every Cat Has a Story' from *A Maze Me* by Naomi Shihab Nye.
Used by permission of HarperCollins Publishers.

라이너 마리아 릴케 Rainer Maria Rilke

1875-1926. 오스트리아 제국하의 프라하에서 태어나 독일어로 시를 썼다. 첫딸을 잃은 모친은 그가 여섯 살이 되도록 여자아이 옷을 입혔고 장교가 되지 못한 아버지는 그를 육군학교에 입학시켰다. 하지만 학교를 중퇴하고 대학입시를 준비하던 19세에 첫 시집《인생과 노래》를 출판했다. 장시《코르넷 크리스토프 릴케의 사랑과 죽음의 노래》,《형상시집》, 소설 《말테의 수기》, 만년의 연작시 두 편《두이노의 비가》와 《오르페우스에게 바치는 소네트》등으로 독일문학의 큰 별이 되었다. "고양이는 꽂혀 있는 책에 몸을 비비며 책등의 글자를 지우듯이 걸어다닌다. 그것은 주위의 조용함을 더욱 깊게 하는 것 같다."(〈삶의 평범한 가치〉 중에서)

'Schwarze Katze' by Rainer Maria Rilke

랜들 자렐 Randall Jarrell

1914-1965. 시인, 비평가, 어린이책 작가. 1961년 시 부문에서 전미도서상을 받았고, 1965년 작《동물 가족The Animal Family》으로 뉴베리 명예상을 받았다. 그의 행복한 고양이 이름은 엘피(Elfi)였다.

'The Happy Cat' from *The Complete Poems* by Randall Jarrell

로잘리 무어 Rosalie Moore

1910-2001. 미국의 시인.《아이들의 해Year of the Children》 (1977)로 퓰리처상 후보에 올랐다.

'Cats Sleep Fat' by Rosalie Moore

루이스 캐럴 Lewis Carroll

1832-1898. 옥스퍼드대 수학과 교수로 재직 중이던 1862년 친구 헨리 리델의 딸들인 로리나, 이디스, 앨리스 자매와 뱃놀이를 갔을 때 한 소녀의 모험 이야기를 들려주었는데, 그 이야기에 특히 매료된 앨리스의 제안으로 《이상한 나라의 앨리스》를 집필하기 시작했다고 한다. 《이상한 나라의 앨리스》에서 체셔 고양이가 사라지며 허공에 웃음만 남기는 장면은 '양자 체셔 고양이'라는 이름으로 21세기 양자역학 이론에 차용되었다. 여기서 체셔 고양이의 웃음은 '실체와 분리된 존재'를 뜻한다.
'The Cheshire Cat' from *Alice's Adventures in Wonderland* by Lewis Carrol

리샤르트 크리니츠키 Ryszard Krynicki

1943년 오스트리아 생. 폴란드의 시인이자 출판인으로 폴란드 시인상, 즈비그니에프 헤르베르트 국제문학상을 수상한 바 있다. 1970-80년대 폴란드 독재정권에 대항하는 반체제 활동에 적극 참여했으며 잡지와 출판 활동에 몸담았다. 1989년 비영리 문학 출판사 a5를 설립해 운영하며 시집, 비평, 아트북을 출간하며 오늘에 이르고 있다. 폴란드의 옛 수도 크라쿠프에서 여섯 고양이와 아내 크리스티나와 함께 살고 있다.
'Na kruchyca rękopisach(Frail Manuscripts)' by Ryszard Krynicki from *Wiersze wybrane*. Used by permission of Wydawnictwo a5.

메리 올리버 Mary Oliver

1935-2019. 1984년 《미국의 원시American Primitive》로

퓰리처상, 1992년 《새 시선집New and Selected Poems》으로
전미도서상을 수상하며 미국 최고의 베스트셀러 시인으로
불렸다. 자연과 인생의 교감과 경이를 강하면서 순수한
언어로 그렸으며, 매체들은 그녀를 "불굴의 자연세계
가이드", "포식자와 먹이의 세상이라는 실질적 인식을
유지하면서도 자연이 주는 황홀경을 묘사하고 전달할 수
있는 몇 안 되는 시인 중 한 명"으로 평했다. 산문집 《겨울의
시간들Winter Hours》에서 "세상은 고양이와 소, 울타리
기둥으로 이루어져 있다. 의자, 연못, 그릇, 비, 모든 것이
살아 있으며 영혼을 지녔다. 생물과 무생물을 구분하는 것은
계층화다."라고 말했다.

샤를 보들레르 Charles Baudelaire

1821-1867. 19세기 프랑스의 가장 중요한 시인이자 평론가.
작품은 많지 않지만 후대 모더니즘 작가들에게 끼친 영향은
크다. 생전에 출판한 유일한 시집 《악의 꽃》(1857)은 외설과
신성모독 유죄 판결을 받아 중쇄에서 여섯 편이 삭제되었다.
1847년 신문에 발표한 《고양이들》을 비롯해 보들레르는
여러 편의 고양이 시를 썼다. "포의 작품에는 내가 쓰고 싶은
모든 것이 있다."며 〈검은 고양이〉를 비롯한 에드거 앨런
포의 작품을 프랑스에 처음으로 번역 출간하기도 했다. 그는
고양이와 놀면서 몇 시간씩 세상사를 잊는 버릇으로 유명했다.

'Le Chat', 'Les Chats', 'Le Chat' from *Les Flurs du mal*
by Charles Baudelaire

스티비 스미스 Stevie Smith

1902-1971. 영국의 시인이자 소설가. 본명은 플로런스 마거렛
스미스(Florence Margaret Smith)로 요크셔주 헐에서 태어났다.
아버지가 집을 떠난 뒤 어머니의 건강도 좋지 않아 팔머스
그린의 이모댁으로 이사해 그 집에서 평생을 살았다. 1923년부터
30년간 뉴스(Newnes) 출판사에서 발행인 네빌 피어슨(Neville
Pearson)의 비서로 일하며, 1924년부터 시를 쓰기 시작했다.
1936년 첫 소설《싸구려 소설Novel on Yellow Paper》이래 세
권의 장편소설을 출판했고, 1937년《모두가 즐거웠다A Good
Time was had by All》등 여러 권의 시집을 펴냈다. 은둔자적인
생활을 했지만 여러 문인들과 문학으로 교류했다. 실비아
플라스(Sylvia Plath, 1932-1963)가 그에게 편지를 보내 "나는
절망적인 스티비 중독자"라고 고백하기도 했다. 1966년 콜몬들리
시인상, 1969년 엘리자베스 2세가 수여하는 시 금메달을 받았다.
스티비 스미스는 "고양이를 어리석을 정도로 사랑하는 것이
사랑하지 않는 것보다 낫다."고 말했다.

'The Singing Cat' from *Collected Poems and Drawings* by Stevie Smith

앨저넌 찰스 스윈번 Algernon Charles Swinburne

1837-1909. 영국의 시인이자 작가. 이교적이고 관능적인
내용으로 영국 속물주의를 정면으로 반박한《시와 발라드Poems
and Ballads》(전 3권)로 당시 젊은 세대의 열광을, 기성세대의
비난을 동시에 받았다. 윌리엄 블레이크, 셰익스피어, 샬럿

브론테, 빅토르 위고 등에 대한 평론을 쓰기도 했다.

'from 〈To a Cat〉', Algernon Charles Swinburne

에드워드 리어 Edward Lear

1812-1888. 영국의 난센스 시인이자 화가. 아버지가 빚 때문에 수감되자 13세 때부터 돈을 벌어야 했고, 다행히 그림에 재능이 있어 15세부터 화가로 일하기 시작해 20세에 런던동물원 새 그림 화가로 채용되었다. 더비 백작의 초청으로 영지에 수년간 머무르며 창작할 수 있었는데, 그 집 손주들에게 들려주었던 이야기를 모은 《난센스 책The Book of Nonsense》을 1846년에 출판해 널리 사랑받았다. 그의 반려묘 포스(Foss)는 여러 그림의 모델이 되어 주었고, 〈부엉이와 야옹이〉에선 주인공이 되었다. 리어는 15년간 함께한 동반자(포스의 본명은 그리스어로 동료/형제를 뜻하는 아델포스)를 떠나보내고 장례를 성대히 치른 2개월 뒤 세상을 떠났다. 2005년 영국의 포크 싱어 알 스튜어트는 〈Mr. Lear〉에서 리어의 시와 고양이 포스를 기렸다.

'The Owl and the Pussy-cat' by Edward Lear

에드워드 리어(73세 6개월)와
그의 고양이 포스(16세)

에밀리 디킨슨 Emily Dickinson

1830-1886. 미국 매사추세츠 애머스트에서 태어나 같은 곳에서 세상을 떠났다. 1700편 이상의 시를 썼지만 생전에 출판된 작품은 거의 없다. 책 40권을 직접 필사하고 손제본해서 만들기도 했지만 세상을 떠나며 자신의 시도 함께 파기해 주기를 바랐다. 하지만 차마 그럴 수 없었던 여동생 래비니아가 《시Poems》(1891)를 출간해 에밀리 디킨슨을 세상에 알렸다.

'She Sights A Bird' by Emily Dickinson

에이미 로웰 Amy Lowell

1874-1925. 미국 브루클린의 부유한 집안에서 태어났다. 여자에게 필요치 않다는 이유로 대학 교육을 받지 못했지만, 그녀는 다독과 정열적인 책 수집으로 이를 만회했다. 또한 그녀는 사교계 명사였으며 널리 여행을 다니며 견문을 넓혔다. 영국 여행에서 시인 에즈라 파운드(Ezra Pound)를 만나 많은 영향을 받았고, 이후 미국에 영국 이미지즘을 전파하는 선구자 역할을 했다. 당나라 이백의 시를 번안한 작품집《Fir-Flower Tablets》를 발표하기도 했다. (여성, 동성애자, 신문에 보도될 정도의 시가 골초라서) 생전에는 종종 폄하되었지만 사후 1926년 시집《몇 시입니까?What's O'clock》로 풀리처상을 받았다.

'To Winky', 'Chopin', 'The Garden by Moonlight' by Amy Lowell

오스카 와일드 Oscar Wilde

1854-1900. 영국의 시인이자 소설가, 극작가. 1881년 첫 시집을 발간한 뒤 동화풍의 단편소설 〈행복한 왕자〉(1888), 희곡

《윈더미어 부인의 부채》(1892), 유일한 장편소설《도리언
그레이의 초상》(1890) 등으로 당대 최고의 유명 작가 반열에
올랐다. 1895년 풍기문란 혐의로 2년간 투옥되었을 때
건강을 잃어, 출옥 3년 만에 가명으로 살던 파리에서 세상을
떠났다. 영국에서 추방되었던 그는 1998년 런던 트라팔가
광장의 동상으로 돌아왔다. 소설《건지 감자껍질파이
북클럽》(2008)에서 와일드는 고양이를 잃고 슬픔에 잠긴 소녀를
위로하려고 환상적인 고양이 '솔랑주'의 이야기를 장문의 편지
여덟 통에 적어 1년간 보내는 에피소드에 등장했다.
'The Sphinx' by Oscar Wilde

월터 드 라 메어 Walter de la Mare

1873-1956. 영국의 시인이자 소설가. 월터라는 이름을
싫어한(가족과 친구들은 그를 잭이라고 불러야 했다.) 그는
한동안 석유회사 통계부서에서 일했다. 1902년 첫 시집《유년의
노래Songs of Childhood》를 월터 라멜(Walter Ramel)이란
필명으로 출간한 후엔 창작에 더욱 몰두하기로 결심한다. 시,
소설, 극작, 논픽션을 오가며 많은 작품을 썼는데, 청소년물과
초현실적인 호러 장르가 높이 평가받았다.
'Five Eyes' by Walter de la Mare

윌리엄 버틀러 예이츠 William Butler Yeats

1865-1939. 아일랜드의 시인 겸 극작가. 1890년대 켈트 부흥
운동의 중심 인물로, 아일랜드의 독립을 위해 헌신했다. 1923년
노벨문학상을 수상했다. 예이츠는 스물네 살에 아일랜드의
배우이자 독립운동가 모드 곤(Maude Gonne)을 만나 10년간

네 번 청혼할 정도로 사랑했지만 그 사랑을 이루지는 못했다.
52세에는 곤의 딸에게도 청혼했지만 역시 거절당했다. 모드
곤은 그의 작품 속에 자주 등장했는데 〈고양이와 달〉의
고양이도 그녀인 것으로 추정된다.
'Two Songs of a Fool', 'The Cat and The Moon' by William
Butler Yeats

윌리엄 브라이티 랜즈 William Brighty Rands
    1823-1882. 19세기 영국의 시인이자 동요 작가. 시를 통해
    자연을 예찬했으며, '동요의 계관시인'으로 불렸다.
    'The Cat of Cats' by William Brighty Rands

윌리엄 블레이크 William Blake
    1757-1827. 영국의 시인이자 화가. 상상력에 집중한 창조적인
    그의 작품은 당대엔 인정받지 못했지만 록밴드 도어스와 스티브
    잡스 등 20세기 문화에 끼친 영향이 크다. 블레이크는 유년기의
    7년 동안 런던의 판화가 제임스 배사이어의 견습생으로 일한
    뒤 왕립 아카데미에 입학했다. 1784년에 판화 인쇄소를 차렸고,
    여기서 자신의 시집들에 수록할 삽화를 제작했다.《순수의
    노래Songs of Innocence》(1789)의 후속작인《경험의 노래Songs
    of Experience》(1794)에 시와 그림으로 야수적 아름다움을
    노래한 〈타이거〉를 수록했다.
    'The Tyger' from *Songs of Experience* by William Blake

유진 필드 Eugene Field
    1850-1895. 미국 미주리주 세인트루이스에서 태어났다.

윌리엄 블레이크가 그린 〈타이거〉 삽화

변호사인 아버지는 흑인 드레드 스콧의 자유가 걸려 있었던
재판에서 패소했지만 이것이 남북전쟁을 촉발시킨 중요한
계기로 평가된다. 유진 필드는 대학을 중퇴하고 1873년부터
《세인트루이스 저널》에서 일하며 'Funny Fancies'라는 유머
칼럼을 연재해 독자들의 사랑을 받았다. 이때부터 유머 작가로
인정받은 데 더해《시카고 데일리 뉴스》칼럼 연재에선 종종
어린이들을 위한 시를 선보여 '유년의 시인'이란 별칭을 얻었다.
두 봉제인형의 싸움을 그린 시 〈결투〉의 주인공인 '캘리코
고양이'는 1892년 디자인 특허가 등록된 봉제완구 '이타카
야옹이(Ithaca Kitty)'에게서 영감을 받았다고 한다. 이타카
야옹이는 발매 첫 해에 20만 개가 팔리며 크게 성공했는데,
실제 고양이와 너무 비슷해서 쥐나 새를 쫓는 용도로
사용되기도 했다.
'The Duel' by Eugene Field

장 드 라 퐁텐 Jean de la Fontaine
1621-1695. 240편의 우화를 담은《우화 시집》으로 17세기
가장 중요한 프랑스 작가로 등극했다. 그는《이솝 우화》의
영향을 받은《우화 시집》에서 날카롭게 세태를 풍자하는 한편,
생기와 기지가 넘치는 풍요로운 언어를 선보였다. 이 책에서
〈늙은 고양이와 젊은 쥐〉, 〈고양이와 족제비와 어린 토끼〉,
〈고양이와 여우〉 등 고양이 이야기를 여러 편 만날 수 있다.
'Le Vieux Chat et la Jeune Souris' from *Les Fables* by Jean de
la Fontaine

제임스 라플린 James Laughlin

1914-1997. 미국의 시인이자 출판사 뉴 디렉션스(New
Directions)의 창립자. 이탈리아 여행 중 만난 시인 에즈라
파운드에게 시에는 재능이 없으니 출판사를 차려 보라는 조언을
듣고 실행에 옮겼다. 뉴 디렉션스는 새롭고 젊고 잘 팔리지 않는
시인들과 1936년에 첫 시선집을 냈다. 처음 10년간은 수익을
내지 못했지만 21세기까지 살아남아《Cat Poems》등의 시선집도
출간했다. 물론 제임스 라플린은 집필 활동도 게을리하지 않고
여러 권의 시집을 출판했다. 미국 시인 아카데미는 매해 두 번째
시집 중에 선정해 '제임스 라플린상'을 수여한다.

제인 케니언 Jane Kenyon

1947-1995. 미국의 시인이자 번역가.《방에서 방으로From
Room to Room》(1978),《콘스탄스Constance》(1993) 등 네 권의
시집을 발표했다. 몇 년에 걸쳐 러시아 시인 안나 아흐마토바의
시를 영어로 번역하기도 했다. 그녀는 늘 동료 작가들을 돕고자
했고, 자연을 사랑했으며, 치유가 필요한 이들과 마음을 나눴다.
"우리는 한 영혼이 다른 영혼에게 나도 여기 함께 있어요, 라고
전하는 마음에서 위안을 얻습니다."

조운 에이킨 Joan Aiken

1924-2004. 첫 소설집《당신이 유일하게 원했던 것All You Ever Wanted》을 펴낸 1953년 무렵, 에이킨은 로이터 통신 기자인 남편과 "무척 활발한 18개월 아기, 타이프라이터, 라디오, 전축과 음반들, 재봉틀과 책더미, 그리고 고양이"와 함께 버스에서 살았다. 전후 영국은 주택 공급난이 심했고, 가난한 젊은 부부는 입주할 집이 지어질 부지에서 못 쓰는 버스를 개조해 살았다. 그녀는 이 낭만적이고 어설픈 버스 집에서 첫 장편소설을 집필했다. 그녀의 첫 장편《월러비 언덕의 늑대들The Wolves of willoughby Chase》은 1962년에 출판되었다. 이 책의 성공에 힘입어 그녀는 집필에 전념해 판타지 소설과 희곡, 시집 등을 망라해 100권이 넘는 책을 펴냈다. 에드거 앨런 포 상, 영국 왕실 훈장(MBE)을 받았다.

존 키츠 John Keats

1795-1821. 영국의 낭만파 시인. 〈그리스 항아리에 부치는 노래Ode on a Grecian Urn〉의 마지막 줄 "아름다움은 진실이요. 진실이 곧 아름다움이다—그것이 네가 지상에서 알고 있는 전부이며, 그것만이 네가 알 필요가 있다."는 영시 역사상 가장 유명한 구절들 중 하나다.

케이트 그리너웨이 Kate Greenaway

1846-1901. 영국의 화가이자 작가. 1879년에 발표한 첫 어린이 그림책《창문 아래에서》가 10만 부 넘게 팔리는 대성공을 거뒀고 이후 본격적인 그림책 작가로 나서 150권 넘는 책의 삽화를 그렸다. 데뷔작에 이어 그녀가 글과 그림을 모두 작업한 두 번째 책(이자 마지막 책)은 6년 뒤 발표한《마리골드 정원》(1885)이다. 이 책에 사랑스러운 〈티타임에 고양이들이 왔어요〉가 수록되었다.

'The Cats Have Come to Tea' from *Marigold Garden* by Kate Greenaway

자신의 시 〈티타임에 고양이들이 왔어요〉를 위해
케이트 그리너웨이가 그린 그림

크리스티나 로세티 Christina Rossetti

1830-1894. 영국의 시인. 1,100여 편의 시를 발표하며 19세기를 대표하는 시인의 반열에 올라 지금까지 사랑받고 있다. 그녀의 시에 곡을 붙인 크리스마스 캐럴 〈황량한 한겨울에In the Bleak Midwinter〉는 영국인들이 가장 아끼는 캐럴 중 하나다. 시인이자 화가인 오빠 단테 가브리엘 로세티가 삽화를 그린 《요귀 시장Goblin Market》(1862)은 여성의 관능이 가득한 시로 큰 사랑을 받았다.

'On the Death of a Cat, a Friend of Mine Aged Ten Years and a Half' by Christina Rossetti

토머스 플랫먼 Thomas Flatman

1635-1688. 영국의 시인이자 초상화가.

'An Appeal to Cats in the Business of Love' by Thomas Flatman

톰 건 Thom Gunn

1929-2004. 영국의 시인. 1954년에 미국으로 이주해 주로 캘리포니아에서 살았다. 여러 저명한 문학상을 수상했으며, 가장 유명한 작품은 1992년에 발표한 시집《식은땀 흘리는 남자The Man with Night Sweats》다. 이 작품은 에이즈로 세상을 떠난 여러 친구들을 위한 비가(elegies)로 읽힌다. 그는 〈아파트 고양이〉에서 두 마리의 턱시도 고양이와 함께 잠에서 깨어난 어느 날을 그렸고, 1978년 11월 27일자《뉴요커》에 〈고양이와 바람〉을 발표했다.

'The Cat and the Wind' from *The Passages of Joy* by Thom Gunn

포드 매덕스 포드 Ford Madox Ford

1873-1939. 영국의 시인, 소설가, 비평가, 편집자. 1915년
입대해 1차 세계대전에 참전했고, 같은 해에 그의 가장 유명한
작품인《훌륭한 병사The Good Soldier》를 발표했다. 저명한
문학지《잉글리시 리뷰》를 설립해 편집자로 일하며 에즈라
파운드, D.H. 로렌스 등의 데뷔를 도왔고, 토머스 하디, H.G.
웰스, 조지프 콘래드, 윌리엄 버틀러 예이츠 등을 출판하며
영문학 발전에 기여했다.

'The Cat of the House' by Ford Madox Ford

폴 발레리 Paul Valéry

1871-1945. 프랑스의 시인, 에세이스트, 비평가, 철학자.
1889년에 첫 시를 발표했다. 그는 1900년부터 20년 가까이
비서로 일하며 매일 아침《잡기장Les Cahiers》을 썼다. 온갖
시상으로 가득한 이 방대한 책이야말로 그의 걸작이라고 할
수 있다. 그는 1917년 4년에 걸쳐 완성한《젊은 운명의 여신La
Jeune Parque》을 발표했다. 이 작품은 20세기 프랑스 최고의
시 작품 중 하나로 손꼽힌다. 또한 "바람이 인다… 살아야겠다!
Le vent se lève… il faut tenter de vivre!"라는 시구로 유명한
〈해변의 묘지Le Cimetière marin〉로 많은 이들의 심금을 울렸다.

'Les Chats Blancs' by Paul Valéry

폴 베를렌 Paul-Marie Verlaine

1844-1896. '저주받은 시인(poète maudit)'이자 빅토르 위고와
샤를 르콩트 드 릴(Charles Leconte de Lisle)을 잇는 프랑스
'시인의 왕'. 스무 권이 넘는 시집을 발표했고 랭보와 말라르메

등을 논한 평론집《저주받은 시인들》과《나의 감옥》등의
저서도 유명하다.

'Femme et Chatte' by Paul Verlaine

프란츠 카프카 Franz Kafka

1883-1924. 체코슬로바키아 프라하에서 태어나 오스트리아
키를링에서 세상을 떠났다. 보험회사 직원으로 일하며 1912년
첫 단편소설집《관찰Betrachtung》을 발표했고, 이후에도 많은
작품을 썼지만 생전에 거의 출판되지 않았다. "프란츠 카프카의
작품에서 희망을 논하는 것이 우스꽝스러운 일은 아니다. 그에
의해 묘사된 상황이 비극적일수록 희망은 오히려 확고하고,
도전적인 것이 된다."(알베르 카뮈)

'Kleine Fabel' by Franz Kafka

한스 카로사 Hans Carossa

1878-1956. 독일의 시인이자 소설가. 아버지의 뒤를 이어
의사가 되었고, 징집 연령이 지났음에도 1차 세계대전에
참전해 어깨에 부상을 입고 제대한 1918년까지 군의관으로
복무했다. 전쟁의 충격 속에서 지식인은 내면의 가치를 지켜 낼
의무가 있다고 주장했고 시대를 초월한 진실을 찾고자 했다.
"암흑의 길은 언제나 곧 끝나 버리지만, 신비한 빛은 측정할
수 없는 것이다." 독일의 자전주의 소설 발전에 큰 영향을 끼친
《유년 시대Eine Kindheit》(1922),《아름다운 환각의 해Jahr
der schöne Täuschungen》(1941) 등을 발표했다. 1938년에
괴테상을 받았다.

'Gedicht an die Katze' by Hans Carossa

표지 그림. 참새와 고양이(猫雀圖)

변상벽 작, 43×93.9cm, 국립중앙박물관 소장

18세기에 화원(畵院) 화가로 활약한 변상벽(卞相璧, 1730-?)은
자는 완보(完甫), 호는 화재(和齋)이며, 현감 벼슬을 지냈다.
인물과 짐승 그림에 뛰어났는데, 특히 고양이와 닭 그림을
잘 그려 '변고양(卞古羊)'과 '변계(卞鷄)'라는 별명을 얻었다.
《진휘속고震彙續攷》에는 "화재는 고양이를 잘 그려서 별명이
변고양이었으며 초상화 솜씨가 대단해서 당대의 국수(國手)라고
일컬었는데 그가 그린 초상화는 백(百)을 넘게 헤아린다."고
기록되어 있다.

HB1012

고양이
Cat

조운 에이킨, 메리 올리버, 나오미 쉬하브 나이, 라이너 마리아 릴케,
샤를 보들레르, … 리샤르트 크리니츠키

℗ HB Press 2021

1판 2쇄 2022년 8월 12일
1판 1쇄 2021년 6월 23일
이재경 편역
조용범 편집
김민정 디자인
정민문화사, 한승지류 제작

에이치비 프레스 (도서출판 어떤책)
서울시 서대문구 성산로 253-4 402호
전화 02-333-1395 팩스 02-6442-1395
hbpress.editor@gmail.com
hbpress.kr

ISBN 979-11-90314-06-0